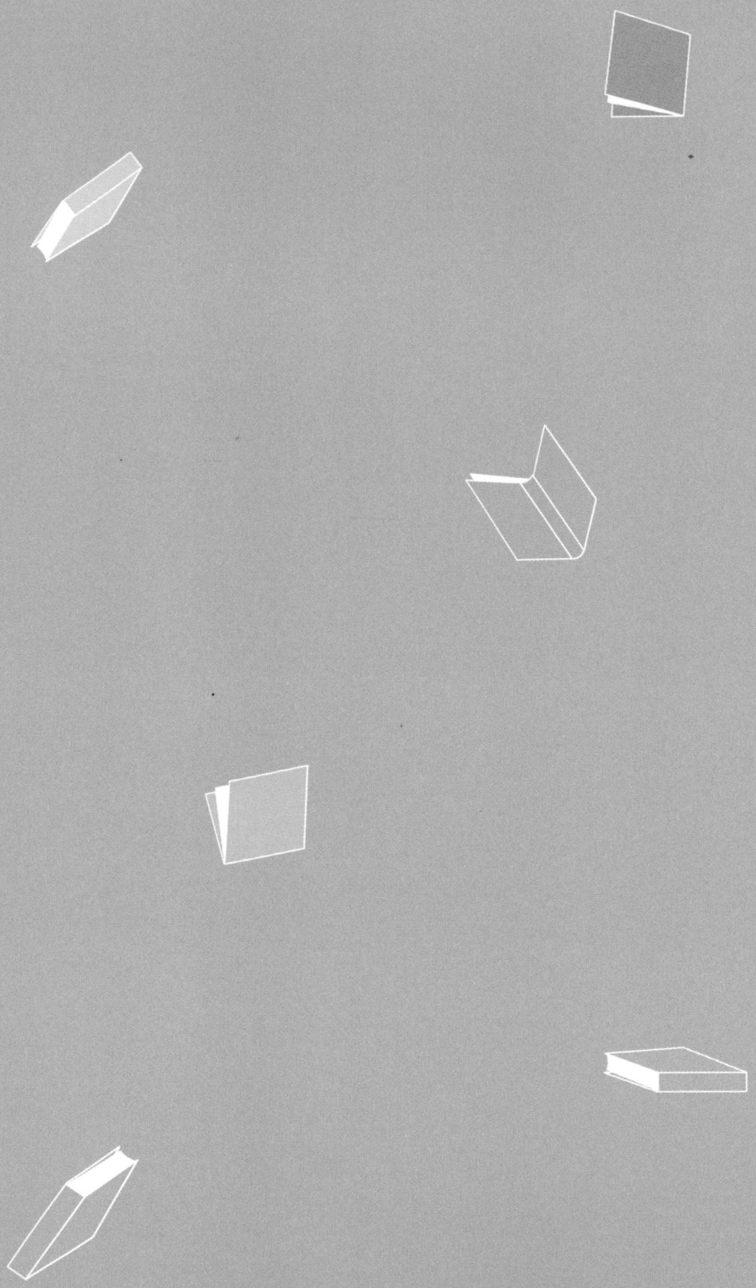

閱讀123

國家圖書館出版品預行編目資料

泡泡精靈4：吸吸鳥的封印/嚴淑女作；蜜可魯插畫. -- 第一版. -- 臺北市：親子天下股份有限公司, 2023.05　120面；14.8x21公分
ISBN 978-626-305-458-5（平裝）
863.596　112003934

泡泡精靈4
吸吸鳥的封印

文｜嚴淑女
圖｜蜜可魯

責任編輯｜陳毓書、蔡忠琦
美術設計｜蕭雅慧
行銷企劃｜翁郁涵

天下雜誌群創辦人｜殷允芃
董事長兼執行長｜何琦瑜
媒體暨產品事業群
總經理｜游玉雪
副總經理｜林彥傑
總編輯｜林欣靜
資深主編｜蔡忠琦
版權主任｜何晨瑋、黃微真

出版者｜親子天下股份有限公司
地址｜台北市 104 建國北路一段 96 號 4 樓
電話｜（02）2509-2800　傳真｜（02）2509-2462
網址｜ www.parenting.com.tw
讀者服務專線｜（02）2662-0332　週一～週五：09:00~17:30
傳真｜（02）2662-6048　客服信箱｜ parenting@cw.com.tw
法律顧問｜台英國際商務法律事務所・羅明通律師
總經銷｜大和圖書有限公司　電話：(02）8990-2588

出版日期｜ 2023 年 5 月　第一版第一次印行
定價｜ 300 元
書號｜ BKKCD159P
ISBN ｜ 978-626-305-458-5（平裝）

訂購服務
親子天下 Shopping ｜ shopping.parenting.com.tw
海外・大量訂購｜ parenting@cw.com.tw
書香花園｜台北市建國北路二段 6 巷 11 號　電話（02）2506-1635
劃撥帳號｜ 50331356　親子天下股份有限公司

泡泡精靈 4
吸吸鳥的封印

文 嚴淑女 圖 蜜可魯

目錄

1. 能量寶石故障了！

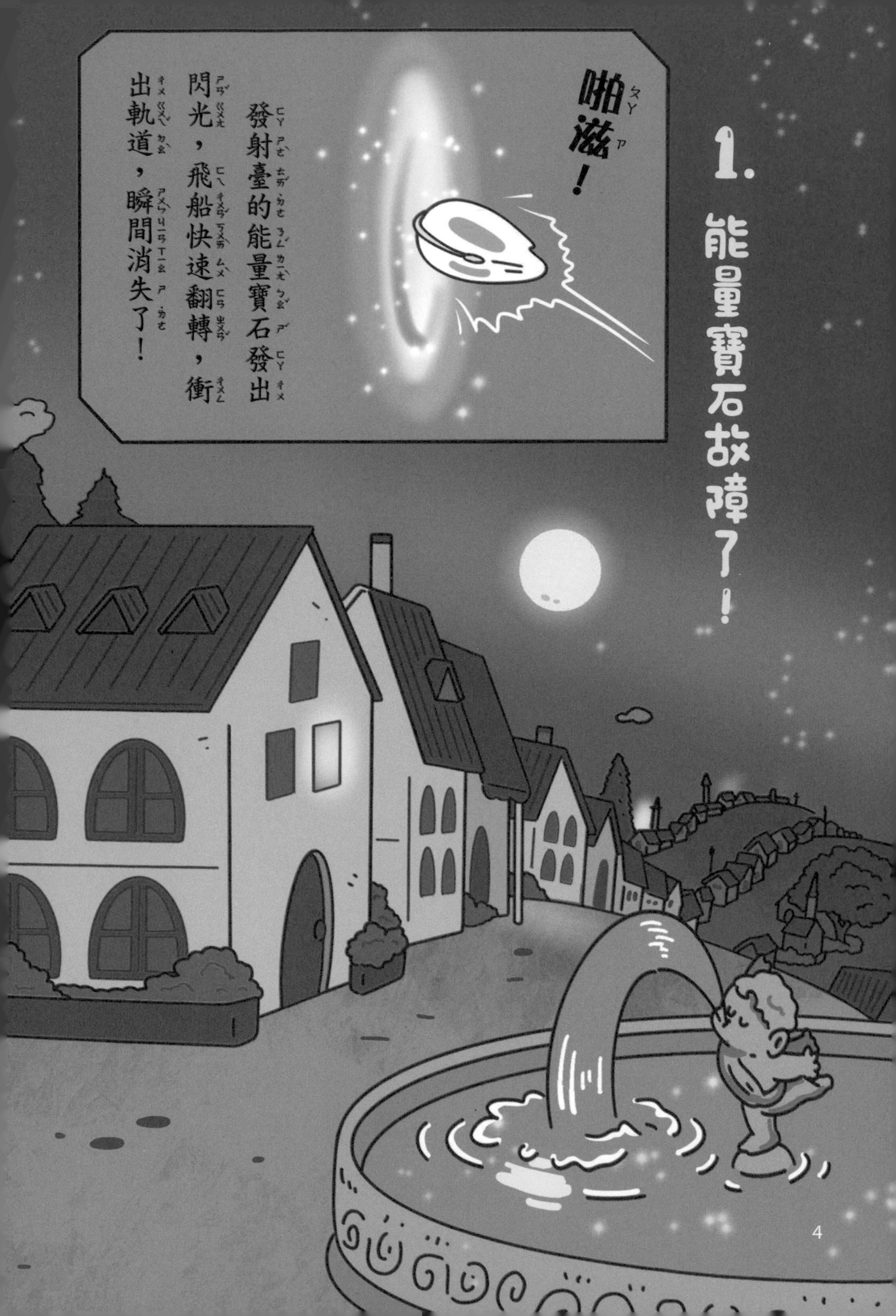
啪滋！
發射臺的能量寶石發出閃光，飛船快速翻轉，衝出軌道，瞬間消失了！

飛船從兩排房子中間的石板路往上衝，直到撞到路燈才停下來。

露露和波波爬出飛船，按下胸前的變身按鈕大喊：

漆黑的街道上，路燈忽明忽暗。

波波打開泡泡手電筒，四處張望，他好奇的問：「露露，能量寶石是不是故障了？這裡是哪裡啊？」

「我查一下！」露露按下泡泡智慧錶上的紫泡泡，連線到泡泡星總部，進入願望能量球的資料庫搜尋。

紫泡泡顯示「資料搜尋中」，最後出現「連線中斷」。

露露緊張的說：「系統好像故障了，等等再試！」

波波點點頭，這時，一個黑影衝過來，搶走他的背包。

「啊！我的背包！」波波大喊。

「快追！」露露一馬當先，她和波波跟著黑影人，在狹小的巷弄中奔來轉去，最後跑到一塊大空地。他們看著黑影人快速鑽進一頂大帳篷。

波波馬上要衝進去，露露拉住他說：「等一下！」

「快點啦！」波波急得大叫。

露露抬頭看到帳篷上立著一個小丑木偶，招牌上寫著：

童話小鎮：偶多多帳篷劇場。

童話小鎮
偶多多帳篷劇場
懸絲偶劇：吹笛人
票價：午夜場免費

露露拿出口袋裡的一張紙，看了一下——
童話小鎮！這裡就是任務地點。
你太厲害了！想到要先把任務表印出來！

這時候，從帳篷裡傳來笛子聲。

「走！」波波馬上衝進去。

「小心點！」露露跟著波波跑。

午夜場沒人，咕咕鐘指著十一點五十五分。舞臺上的男生木偶吹笛子，後面跟著一群舞動的木偶，上方有個黑衣人正在操縱這些木偶：

「小孩跟著吹笛人……

……一邊跳舞一邊走進森林，再也沒有人見過他們。」隨著黑衣人的旁白，所有懸絲偶走進後臺，紅色布幕慢慢拉上。

第一次看木偶戲的露露，被靈活的木偶吸引。但是波波無心看戲，他急著找黑影人想拿回背包。

他找了好久，只在階梯下找到一隻大黑布鞋。

波波大喊：「露露，我找到一隻鞋！」

「會不會是黑影人的？」露露衝了過來，拿起鞋子，想在上面找到一些黑影人的線索，突然，一隻布穀鳥從咕咕鐘裡彈出來，叫了十二聲，鐘面顯示十二點。

刷一聲！舞臺的紅布幕拉開；啪一聲！帳篷內的燈全亮了！

一群木偶跑到舞臺上倒立、翻跟斗，又蹦又跳，開心大喊：

「大家快來玩啊！」

露露驚訝的說：「舞臺上的木偶為什麼能自己移動？」

這時候，從舞臺後方傳來音樂聲，七彩泡泡飄滿整個舞臺，木偶們開心的追著泡泡到處跑。

波波和露露馬上衝到後臺，只看到一個戴軟帽、穿條紋衣的小木偶，正按著一臺大象造型的泡泡相機，地上有個背包。

木偶發現波波和露露跑來了，嚇得拎起背包，拔腿就跑。
你的鼻子變長了！
別跑，快把背包和相機還給我！
這是我的！啊——

木偶用手遮住鼻子，大聲說背包是他的。波波氣得大喊：「你說謊！我看過小木偶的故事。故事中的小木偶，只要說謊鼻子就會變長！」

木偶抬起頭說：「我——我很需要這個泡泡相機！」

波波和露露覺得很奇怪。

木偶突然大哭：「因為我要對著泡泡許願，請泡泡精靈讓我們變回真小孩！」

沒想到臺上的木偶全是真小孩！他們驚訝的看著大哭的木偶。露露急著問：

「你叫什麼名字？你之前是怎麼許願的？」

「我叫皮皮。我之前都對著卡拉的迷你泡泡機許願。」

他緊緊抓著泡泡相機，只把背包還給波波，接著說：「我在後臺撿到背包，發現這臺一按就會冒出泡泡

許願者
小木偶
皮皮
願望
解除黑魔法，變回真小孩
許願次數：66 次以上
願望泡泡：66 顆以上

的相機，可以讓我一直許願！」

波波趕快打開背包，檢查裡面的寶貝。

露露按下泡泡智慧錶上的綠泡泡，發現系統已經修復了。螢幕上出現許願者的資料。

2. 解開數字密碼

露露看到許願者就在眼前，她開心大叫：

「找到小木偶皮皮了！」

「你們是誰啊？」皮皮問。

「想知道嗎？」波波和露露得意的按下手錶中央的圓形泡泡，四周飄出好多彩虹泡泡，他們一邊跳泡泡踢踏舞、一邊唱：

踢踢踏踏踢踢踏，
一起來吹泡泡！
願望泡泡飛上天，
泡泡精靈就來到！
我是波波！我們是泡泡星的泡泡精靈！
我是露露！

看到泡泡精靈真的出現了，皮皮興奮的拉著波波和露露，請求他們幫忙解除黑魔法，變回真小孩。露露說：「除了真心許願外，還得看你願意付出多少努力。」

「只要能實現願望，我什麼都願意！」皮皮急著說。

波波好奇的問：「為什麼你們會變成木偶呢？」

因為我們全中了胖小丑的黑魔法。前天我去上學時，看見空地上出現一頂新的大帳篷。高大的胖小丑一邊發送變形為各種動物的泡泡氣球，一邊宣傳偶多多劇場的泡泡魔術表演。在場所有的小孩立刻衝進去！
我也好想要一顆變形氣球！
波波，聽重點。

皮皮描述胖小丑吹了各種神奇泡泡。最後一顆巨大泡泡飛過去把所有小孩包住時，他興奮的閉上眼。等他張開眼睛，發現大家全變成懸絲木偶了！只在午夜十二點到十二點半才能自由行動。

你怎麼知道是中了黑魔法呢？
我的好朋友卡拉告訴我的！我去叫他！

卡拉比手畫腳和露露、波波說胖小丑在小丑鎮用黑魔法的事情。因為卡拉發現這個祕密，他也被變成木偶，被迫跟著胖小丑的偶多多帳篷劇團到處演戲，前天才來到童話小鎮。

卡拉跟我們一樣都好想解除黑魔法。他對我很好，我變成木偶時好害怕，躲在角落哭，那時候卡拉就搖著迷你泡泡機，對我說，只要一直對著泡泡許願，泡泡精靈就會來幫忙了！
沒錯！最厲害的泡泡精靈真的來了！

皮皮急著問：「你知道解除黑魔法的方法了？」

「還在想！」波波摸著頭呵呵笑。

腦筋轉得快的露露，馬上問：「卡拉，你在劇團最久，你有解除黑魔法的線索嗎？」

「有！昨晚午夜自由時間，我經過胖小丑的房間，偷看到他拿出一張紙說：『解開這個數字密碼，就能找到吸走黑魔法的吸吸鳥，這祕密可不能被發現。』我趁他去廁所時，把紙張偷出來了。」卡拉從口袋拿出一張泛黃的紙。

露露他們趕快湊過來看。
135797531

「這些圖和解開密碼有什麼關係？」波波好奇的問。

露露想想，指著箭頭說：「我猜應該要按照順序，找到這四種東西。只是要從哪裡找起呢？」

皮皮看著圖案，突然大叫：「我知道了！那應該是老城廣場的石橋。石橋上有個小狗立體雕像。每次進城時，爺爺都會拉著我的手，一起摸摸小狗雕像，聽說會帶來好運！」

「太好了，皮皮快帶我們去找小狗雕像吧！」卡拉抓著皮皮就要往外跑。

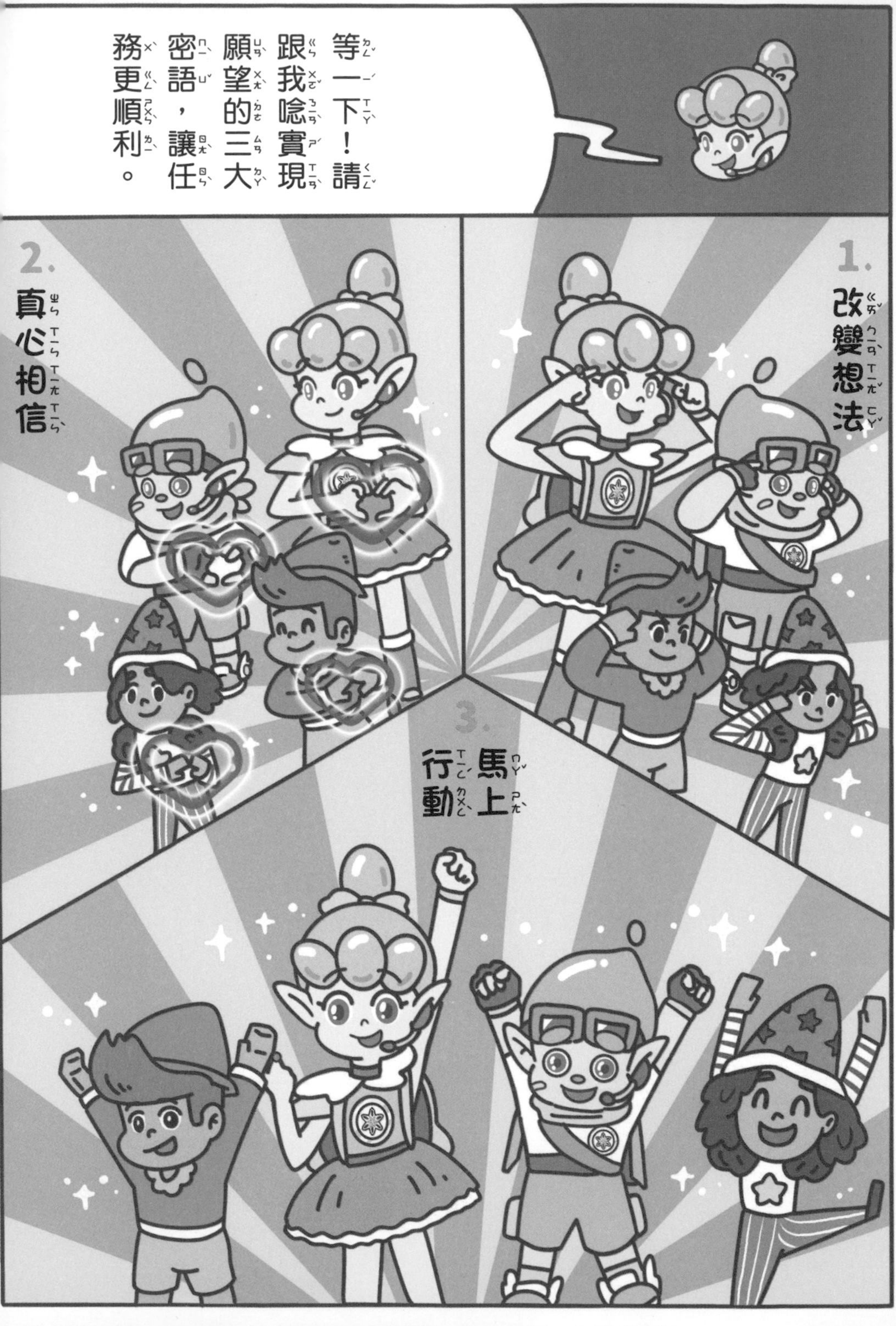
等一下！請跟我唸實現願望的三大密語，讓任務更順利。
1. 改變想法
2. 真心相信
3. 馬上行動

彩虹時光泡泡可以延長你們自由活動的時間，我們快走吧！

皮皮帶著他們跑過彎彎曲曲的石板小巷，最後終於踏上古老的石橋。石橋中央有尊石頭雕像。

皮皮指著全身被摸得發亮的雕像說：「小狗雕像在這裡！」

大家趕快摸摸小狗的頭、身體和腳，也在雕像四周找了又找，卻找不到和那串數字相關的線索。

跑得好累的波波，想靠在小狗雕像身上休息一下。他的背包撞到小狗高翹的尾巴，沒想到尾巴竟然往下一彎。

「波波，你竟然把狗尾巴弄斷了！」最愛小狗雕像的皮皮氣得大叫。

「對不起！對不起！」波波一轉身，又碰到狗尾巴，他發現尾巴竟然會轉動！

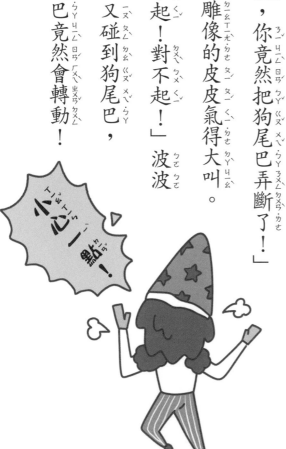

哇！會動的尾巴，好好玩喔！
波波，別亂轉！

波波快轉好幾圈之後，小狗的胸前彈出一個抽屜，裡面有一顆藍色泡泡球。

「這泡泡球和泡泡星的好像喔！」波波把球拿給露露。

露露發現球中央還漂浮一串文字和數字，大家馬上擠過來看。

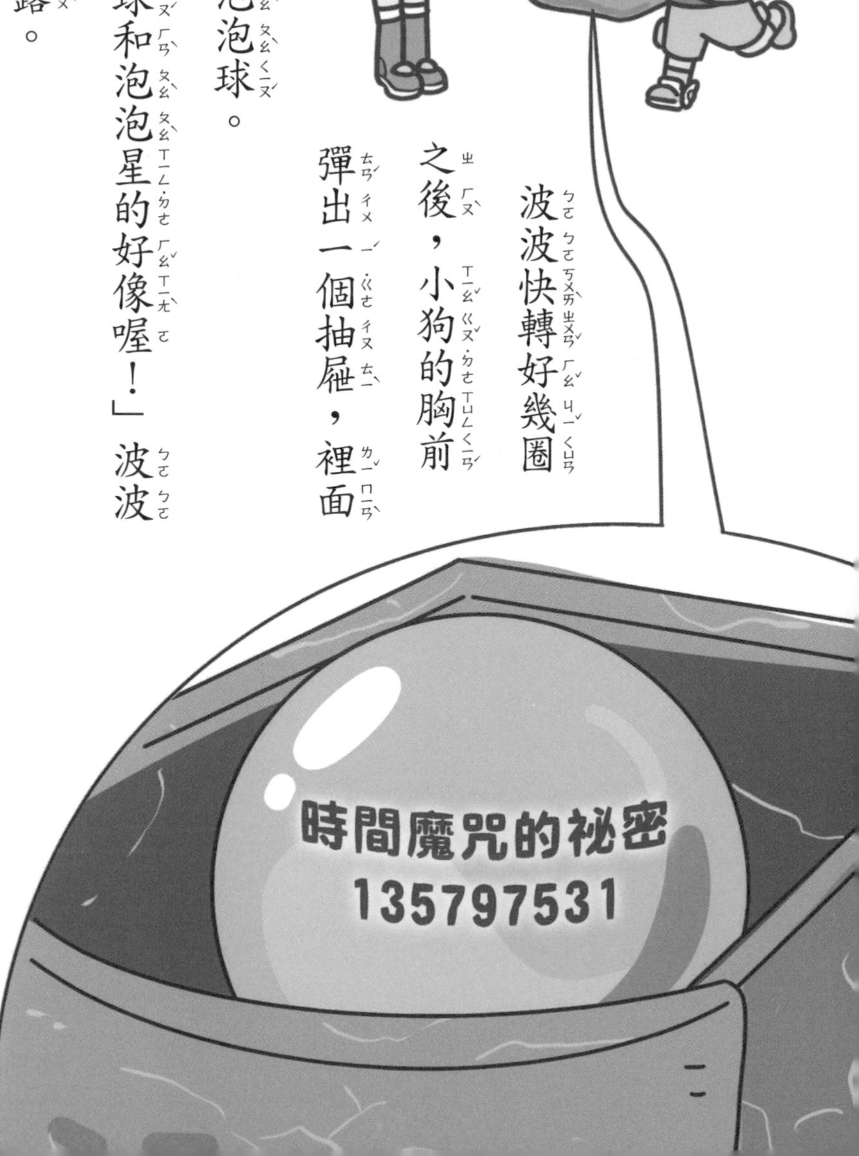

露露指著球說：「這串數字和紙張上的一模一樣。」

「真的嗎？快把球給我！」卡拉急著要拿球時，一不小心掉到欄杆外，他嚇得大喊救命。

皮皮馬上拉住他，波波和露露也來幫忙，好不容易才把卡拉救上來。卡拉一爬上來，就要露露把球給他。他拿出紙張比對之後，說：「完全一樣。可是時間魔咒的祕密又是什麼？」

沒耐心的皮皮馬上把球和紙張搶過來，拿給露露：「你們不是最厲害的泡泡精靈嗎？快點解密！」

「你別急，我正在想。」露露來回看著球和紙張。

「我不想等了！」皮皮氣得又叫又跳。

「生氣又不能解決問題。」波波拍拍皮皮的肩膀時，他和露露的順風耳耳機同時傳來鐘聲和歌聲。

露露問：「皮皮，童話小鎮有會唱歌的時鐘嗎？」

「沒有。不過，老城廣場塔樓上的咕咕鐘，整點時會有動物偶出來唱歌和遊行。」

皮皮從口袋裡拿出他和爺爺在鐘前的開心合照。

我能解開時間魔咒了，
我們快去老城廣場！

3. 時間魔咒的祕密

皮皮帶一行人跑過彎彎曲曲的石板小巷，經過許多色彩繽紛的房子，終於來到老城廣場的塔樓前。

露露指著鳥形咕咕鐘上的圓鐘說：「如果把兩個鐘面上的年分、日期和時間調成一三五七年九月七日五點三十一分，或許就能解開時間魔咒的祕密了！波波，我們快上去試試看。」

露露和波波利用泡泡繩快速爬上去。

他們轉動年分和日期，圓鐘指針快速倒轉無數圈後，鐘面上方數字11的小門打開了。一隻機械小狗頭上頂著一顆黑色泡泡球走出來。

波波把球拿起來，開心的說：「哇，這顆球上有泡泡星的金色徽章，裡面還有一隻小鳥在睡覺！」

卡拉激動的大叫：「吸吸鳥就是被封印在這顆球裡！快把球丟給我，我知道怎麼解開封印，叫醒吸吸鳥！」

「沒問題！」波波正要丟球時——

露露從另一邊溜過來，把球拿過來說：「不可以亂丟，會摔壞的。」露露邊說邊把球小心放進背包裡，慢慢爬下塔樓。

露露一腳才踏在地上——

卡拉馬上粗魯的拉開露露的背包，拿出泡泡球，他高興的大叫：「我終於拿到了！」

「卡拉，你怎麼知道要如何解開封印？」露露問。

卡拉從口袋裡拿出一根捲捲的彩虹吸管，得意的說：「我從胖小丑的寶盒裡找到用吸管喚醒吸吸鳥的方法。」

皮皮和卡拉擊掌，他開心的說：「你真的太厲害了。快點叫醒吸吸鳥吧！」

卡拉把泡泡球放在掌心，用彩虹吸管一吸一吹，吹奏出獨特的小鳥叫聲。

泡泡球開始快速旋轉，飛上天空之後迸開。飛出一隻有七彩羽毛，嘴又長又捲的小鳥。小鳥飛回卡拉的手心，發出啾啾的叫聲。

「吸吸鳥醒了！」皮皮好開心。

「卡拉，你太厲害了！」波波也拍手歡呼。

卡拉得意的把吸吸鳥放在皮皮和自己的手心上。牠馬上用嘴吸呀吸，皮皮和卡拉的臉色慢慢紅潤，變回真小孩了！

皮皮歡呼：「願望實現了！」

「太好了！」露露說：「我們快去救其他小孩。」

「沒問題！」波波要拿吸吸鳥時，卡拉馬上說要把牠關進金色小鳥籠裡，避免飛走。

露露提議由她保管鳥籠時，卡拉突然又大喊：「你們看，那是什麼？」

大家一轉頭，看見有個招牌寫著「午夜點心」的小攤子，傳來陣陣香味。

「『煙囪捲』！這是童話小鎮最有名的點心，我好想吃啊！」皮皮和卡拉圍在小攤子旁邊流口水。

波波看著在鐵棍上烤得金黃的煙囪捲，舔舔舌頭說：

「好香，好想吃一個啊！」

「不行！」露露搖搖頭：

「我們應該先回帳篷完成任務。」她拉著皮皮、卡拉和波波轉身就要走。

皮皮竟然坐在地上又踢又叫，大喊現在就要吃煙囪捲。

攤販叔叔說：「剛剛有客人付錢，要我送四個給今晚的幸運客人，就是你們吧？」

「對對對！」皮皮、波波和卡拉馬上回答。

叔叔把煙囪捲遞給他們。皮皮和波波馬上接過來，大咬一口。想不到，煙囪捲竟然變大，還發出尖叫聲，就像一條生氣的黃金蟒蛇把他們緊緊纏住。

他們兩個嚇得大喊：「救命啊！」

攤販叔叔也嚇得推著攤子跑掉了。

露露急著想拉開波波身上的煙囪捲，卻被伸出來的煙囪捲纏住！
卡拉，快救救我們！
我才不會救你們呢！
卡拉，你……你怎麼變成大人了？

我是黑魔法泡泡精靈呼拉拉。變身成卡拉來騙你……
呼拉拉！你竟然變身成卡拉欺騙我們！難怪我一直覺得你不太對勁。

呼拉拉得意大笑：「不只變身，為了拿到吸吸鳥，我和呼魯魯在童話小鎮待了三天，做了不少事呢。剛剛我讓呼魯魯在煙囪捲上偷偷撒了瘋狂粉，才能輕鬆捉住你們。呼魯魯，你不用躲了，快出來吧。」

一個穿著小丑服，拿著小丑假髮的光頭大個子走出來，他揮揮手說：「波波、露露，好久不見！」

「呼魯魯，你怎麼還幫呼拉拉做壞事？」露露好生氣。

泡泡神燈還在呼拉拉手上，
我還是要聽主人的命令。

波波看著左腳穿著黑布鞋的呼魯魯，他想起他在帳篷裡撿到的黑布鞋，他大喊：「原來搶走我背包，把我們引到劇場的黑影人就是你！」

「沒錯！」呼魯魯握著波波的手，對他眨眨眼。

「呼拉拉，你這次為什麼又來破壞任務？」露露好生氣。

「哼，我本來只想破壞任務，以報你們害我沒選上泡泡精靈國王的仇。」呼拉拉高舉小鳥籠，得意的說：「不過，我無意間得知，泡泡星魔力強大的吸吸鳥被封印後，藏在童話小鎮這件事，於是有了更邪惡的計畫！」
「你想做什麼？」露露緊張的問。

呼拉拉扯下波波和露露的泡泡智慧錶，說：「如果你們能回到泡泡星就會知道了。」

「呼拉拉，我一直把你當成好朋友，你竟然利用我！快把吸吸鳥給我！」皮皮氣得一直往上跳，想要搶鳥籠。

卡拉把鳥籠舉高，說：「那可不行。牠得先幫我完成邪惡計畫呢。我們先走了！」

呼拉拉把一顆黑泡泡往地上一丟，立刻出現一臺噴射跑車，他和呼魯魯駕著跑車飛走了。

呼拉拉，你不能這麼做！
受到尖叫聲刺激的瘋狂煙囪捲，一陣緊縮，把他們纏得更緊了。
大壞蛋，快回來！

4. 魔力泡泡彩虹圈

對不起！如果我不要堅持先吃煙囪捲的話，就不會發生這種事了。
沒關係，我們一定會想出解決辦法。
沒錯！只要我們實踐三大密語，不輕易放棄，一定能完成任務！大家快想想掙脫瘋狂煙囪捲的辦法。

露露想剪掉綁住身體的煙囪捲，但是拿不到背包裡的剪刀。

波波扭扭被綁緊的手，好不容易才轉動手掌，卻發現手心上有一個呼魯魯舔舌頭的大頭影像，對他眨眼睛。

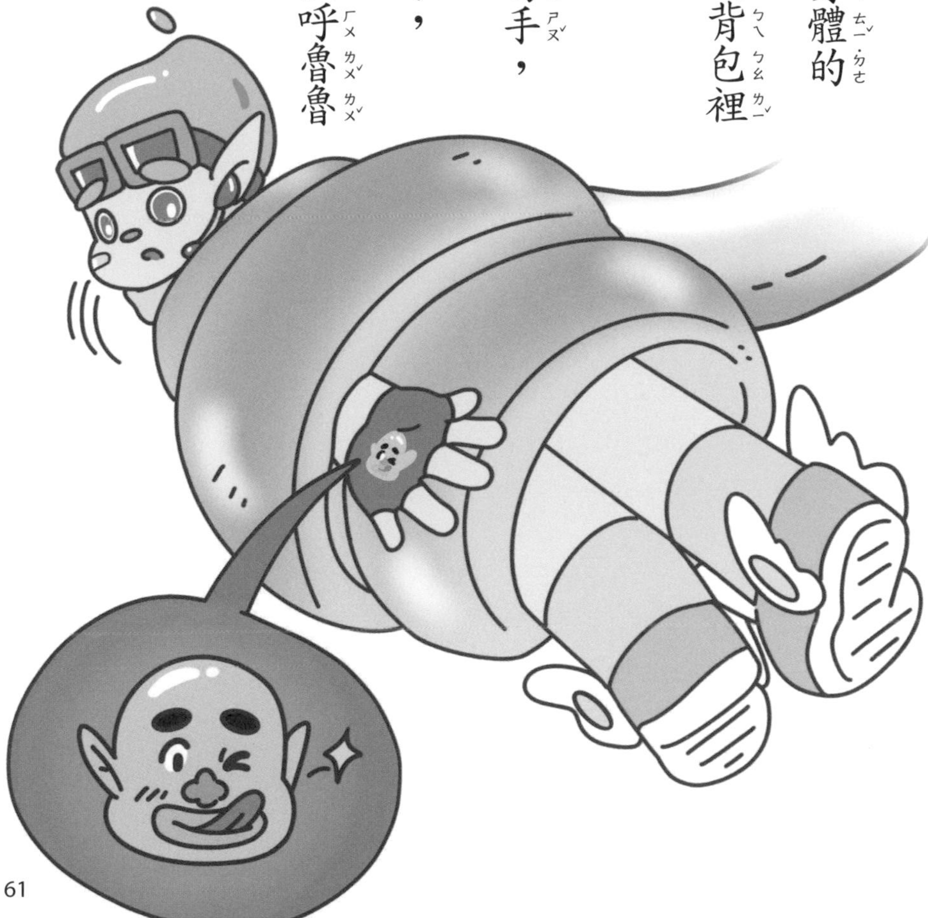

「露露，你看！這應該是呼魯魯剛剛握我的手所留下的圖案。」他把手心展示給露露看，皮皮也好奇的擠過來。

「他為什麼一直舔舌頭呢？」露露覺得好奇怪。

「表示好吃嗎？」波波舔舔舌頭。

「應該是。我和朋友最喜歡舔煙囪捲上的糖粒，再把它撕成捲捲長條，一人咬一邊，看誰吃掉最多呢！」皮皮也舔舔舌頭。

波波想起以前他也常和呼魯魯玩舔泡泡糖的遊戲。

波波馬上轉頭，輕輕舔一下綁住身體的煙囪捲。

煙囪捲抖了一下，發出咯咯的笑聲。波波眼睛一亮，繼續舔舔舔。

煙囪捲扭啊扭，喊著：「好癢，好癢喔！」

波波開心大喊：「煙囪捲怕癢，大家快舔！」

他們馬上舔舔舔——咯咯笑的煙囪捲，就像繩子一樣鬆脫在地上。

「成功了！」他們開心的擊掌。

皮皮急著說：「我們快點去泡泡星！」

露露無奈的說：「智慧錶被呼拉拉拿走了，無法呼叫泡泡飛船，我們根本回不了泡泡星，也沒辦法和泡泡精靈國王聯絡。」

「怎麼辦？」皮皮急得團團轉。

露露拍拍皮皮的肩膀說：「你不要急，我們一起想辦法。」

波波在背包裡翻來翻去。

「有了！」波波拿出一組魔法泡泡和吸管，用力吹出一顆大泡泡。泡泡飄到天上翻轉幾圈後落在地上，變成一臺泡泡飛船。

露露驚訝的說：「哇！這是第一代簡易泡泡飛船，你還裝在背包裡啊？」

「當然！」波波得意的展示滿是寶貝的背包。

然後，他拿出一把槍對著皮皮。皮皮嚇得舉起手說：

「你……你要做什麼？」

別怕！這是MM怪獸留下的扭蛋槍。只要按下縮小按鈕，你就能縮小，進入泡泡飛船。
波波，你的寶貝真有用，我們快進去吧！
哇，好神奇，我被縮小了。
露露和波波按下胸前的變身按鈕，他們立刻縮小，一起登上泡泡飛船。

想知道 MM 怪獸是誰？請看《泡泡精靈 2：玩具屋大冒險》。

露露在控制臺設定目的地為泡泡星。螢幕顯示泡泡星的亮光越來越弱……
我們必須快點回到泡泡星，阻止呼拉拉的邪惡計畫。
能量
↓0.5%

糟糕，能量不足，我們可能無法飛回泡泡星了！
那怎麼辦？我們只能被困在這裡，不能去泡泡星，我也不能回家看爺爺了嗎？

就在大家陷入絕望時，波波靈機一動，他建議可以用背包「隔空取物」的功能，從撲滿豬中取出他們的泡泡彩虹圈，合起來許願，應該就能飛回泡泡星了。

可是……可是，我好不容易才累積一九九〇個彩虹圈，如果這次全部用掉，我就無法實現我的願望了。

沒問題！只要我們多完成幾個超級任務，很快就能贏得更多彩虹圈，完成你的願望。

露露握拳說：「沒錯！而且現在最重要的願望是拯救泡泡星。」

他們把背包放到地板上，按下「隔空取物」的按鈕，在心中默唸三次泡泡彩虹圈。按鈕閃著紅光，直到叮一聲，他們打開背包，拿出裝滿彩虹圈的撲滿豬。

露露和波波手拉手，圍著兩個撲滿豬真心許願：「快速飛回泡泡星！」

撲滿豬發出強光，閃耀著彩虹光芒的彩虹圈全飛出來！彩虹圈在空中排成一個巨大的彩虹愛心。愛心在願望能量瓶中輸入滿滿的能量，泡泡飛船快速飛向泡泡星。

5. 決戰魔法吸吸鳥

他們飛近泡泡星時，發現泡泡星不僅扭曲變形，還出現好多破洞，翠綠森林和泡泡足球場全被炸壞了！

連百合花高塔上那朵閃耀的百合花瓣都乾枯了，花心還出現一個大洞！

皮皮把臉貼在玻璃上，他看到外面的景象，嚇呆了！

「天啊！可惡的呼拉拉竟然把我們的家破壞成這樣！」露露氣得大叫。

「露露，快點降落！我們要馬上阻止呼拉拉！」波波也著急了。

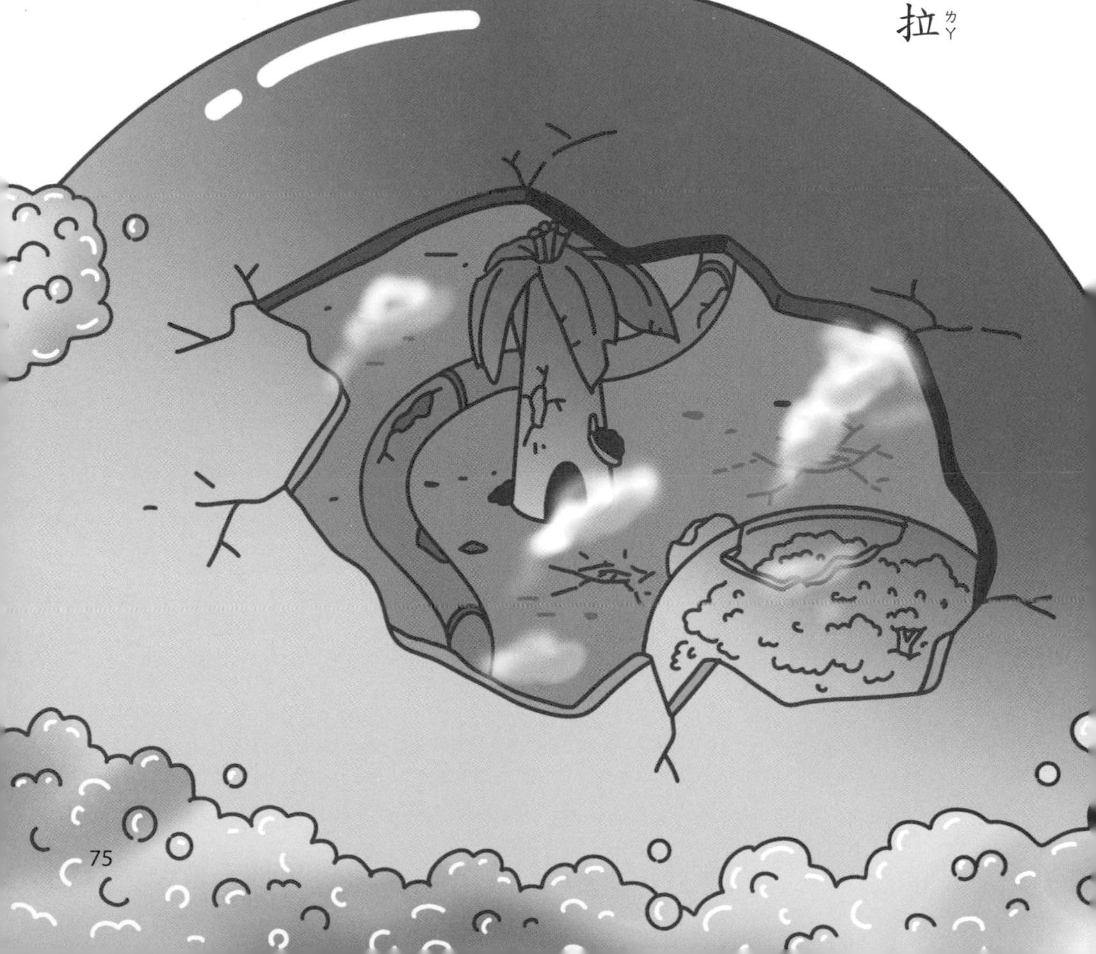

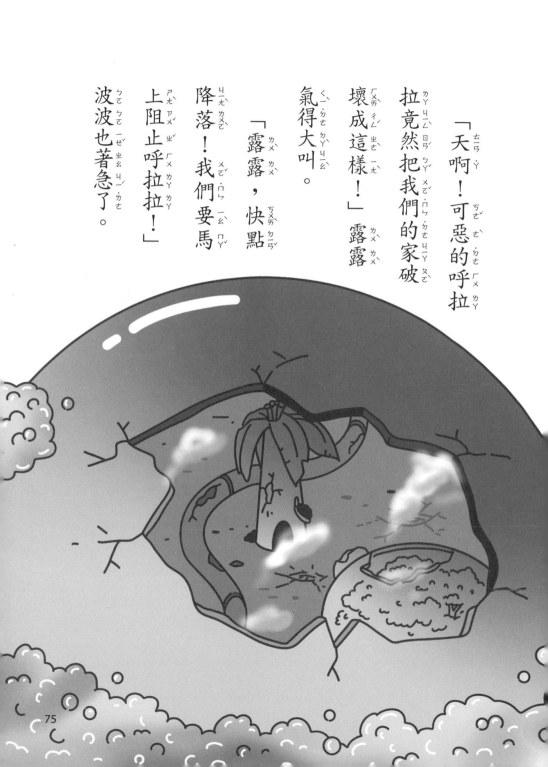

他們正要降落時，突然傳來巨大的爆炸聲，飛船被震得直接掉進百合花心的大洞中。飛船在地上翻滾好幾圈，最後撞到櫃子才停下來。他們一爬出飛船，就看見一隻高速拍動翅膀的巨大吸吸鳥，牠正在用又捲又長的喙子吸取願望能量球的能量。眼看球裡的能量就快被吸光了！

泡泡精靈國王指揮一群泡泡守衛精靈用泡泡彈弓發射冰凍泡泡，想把吸吸鳥冰凍起來。

沒想到，冰凍泡泡飛近高速拍動的翅膀，立刻碎成一顆顆小冰球，往四面八方噴射。泡泡精靈左躲右閃，差一點就被凍結了！

泡泡精靈國王急得大喊：「大家快躲起來！」

露露、波波和皮皮也趕快躲到櫃子後面。

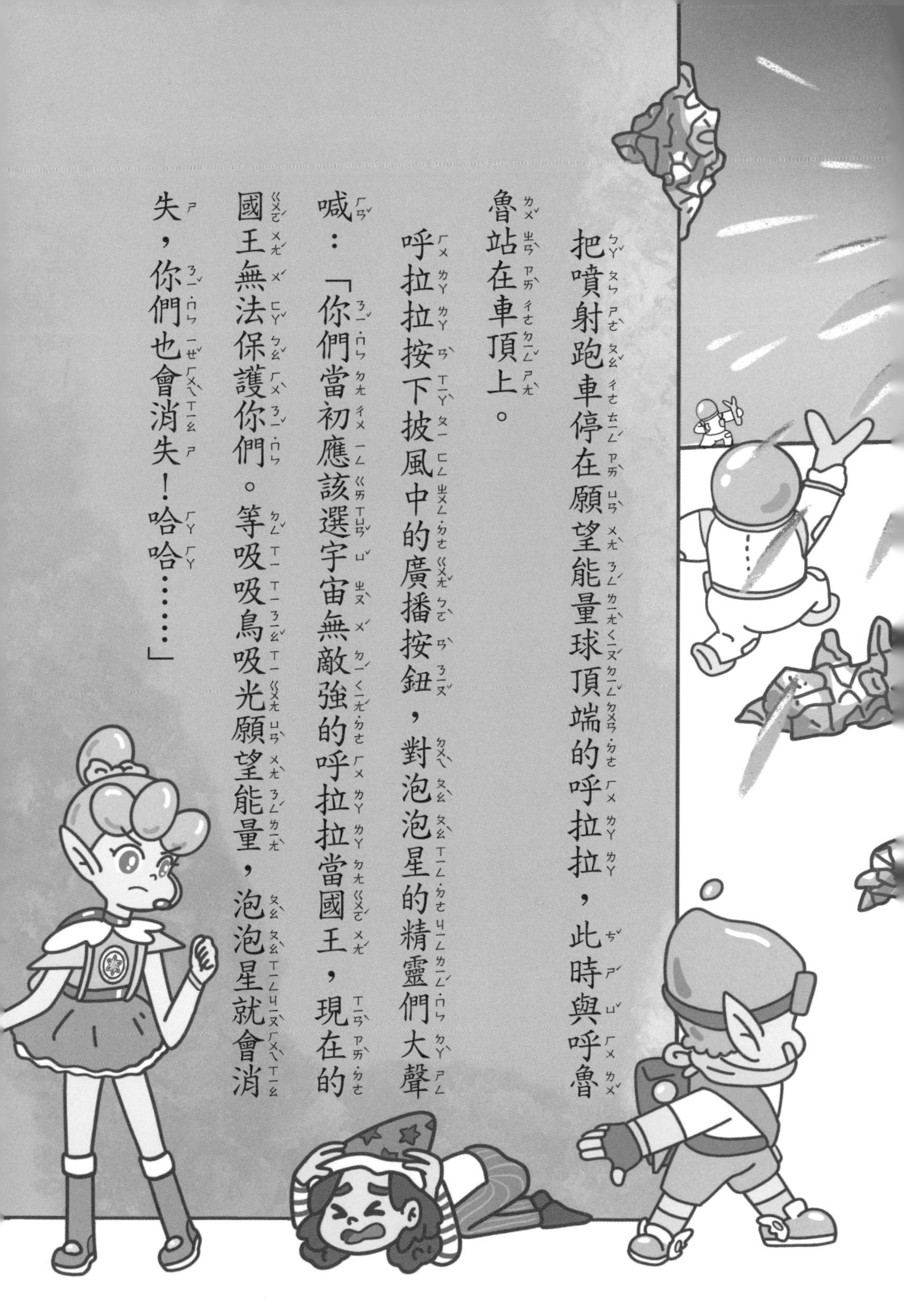

把噴射跑車停在願望能量球頂端的呼拉拉，此時與呼魯魯站在車頂上。

呼拉拉按下披風中的廣播按鈕，對泡泡星的精靈們大聲喊：「你們當初應該選宇宙無敵強的呼拉拉當國王，現在的國王無法保護你們。等吸吸鳥吸光願望能量，泡泡星就會消失，你們也會消失！哈哈……」

呼拉拉看著手錶說：「只要你們願意幫我打造黑魔法泡泡星，就能獲救。只剩十分鐘了！」

情況緊急，露露用耳機和泡泡精靈國王說明他們被呼拉拉欺騙的過程。

國王搭著小雲，飛到他們藏身的櫃子後面。

露露緊張的問：「現在應該怎麼辦？」

國王說：「必須先讓吸吸鳥的心跳慢下來。」

「為什麼？」他們好奇的問。

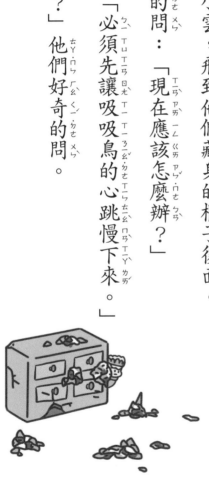

國王拿出一本《怪奇動物園》的魔法書。

魔法吸吸鳥的心跳只要每分鐘超過六百下，看見什麼就要吸到乾為止。牠曾被黑魔法巫師利用做壞事，才會被封印，藏在童話小鎮。我沒料到呼拉拉會偷走找到吸吸鳥的密碼和喚醒牠的彩虹吸管，利用吸吸鳥進行邪惡計畫。

皮皮對國王一鞠躬，說：「對不起！造成泡泡星的危機，都是我的錯。」

「沒關係。當務之急是讓吸吸鳥恢復正常心跳。」國王拿出一根金羽毛說：「只要拿羽毛在吸吸鳥的脖子輕拂三下，牠就會停止吸吮，讓願望能量回流到能量球。」

「我馬上去！」皮皮拿起金羽毛，就要往外衝。

露露拉住他說：「你一衝出去，馬上就會被呼拉拉捉走，要想好計畫再行動！」

皮皮把金羽毛拿給露露，不好意思的說：「我每次都太衝動了，下次會改進。」

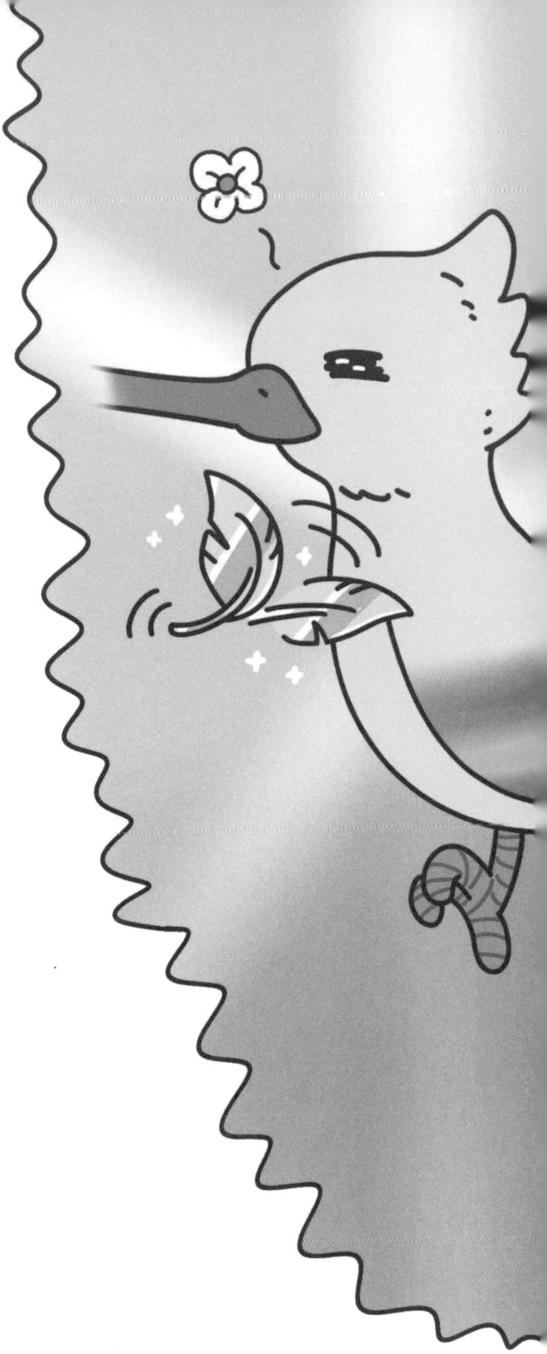

「凡事都要先想好計畫，行動才能成功。」國王探頭看了一眼吸吸鳥和願望能量球，說：「我們的時間不多了。你們有什麼好主意？」

露露說：「我們必須爬到吸吸鳥脖子上，用金羽毛讓牠心跳放慢，又不能被呼拉拉發現，所以……」

露露還沒說完，口渴的波波拿出不銹鋼小水壺想喝水，一不小心撞到櫃子，發出巨大聲響。

「噓！波波，你小心點！」皮皮小聲的說。

波波製造的聲響，讓露露靈機一動：「我想到了！我們的作戰計畫就是『聲東擊西』。」

露露和大家討論如何執行計畫之後，馬上分開行動。皮皮跑到願望能量球的下方，用金屬湯匙用力敲響小水壺，並大喊：「呼拉拉，你這個大壞蛋，快點滾出泡泡星！」

呼拉拉往下一看，笑嘻嘻的說：「沒想到你這個任性又愛哭鬧的小皮皮竟然能掙脫瘋狂煙囪捲，還來到泡泡星。咦？露露和波波嚇得

躲起來了嗎？吸吸鳥馬上就要吸光願望能量，我的願望要實現了！」

「哼！你的邪惡計畫不可能實現！」

皮皮敲響小水壺三下之後，國王馬上帶著泡泡守衛精靈，從四面八方衝出來，他們一起用力敲響手中的小水壺。

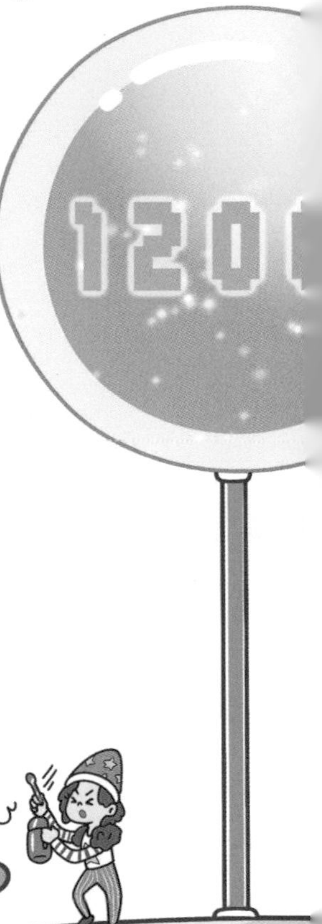

巨大的聲響，讓呼拉拉搗起耳朵大喊：「別敲了！」他用手指彈出黑泡泡彈，大家敏捷的躲開了，讓他氣得大叫。露露看到皮皮他們成功轉移呼拉拉的注意力，她和波波利用彈跳鞋，快速往吸吸鳥身上爬。但吸吸鳥拍動翅膀傳來的強風，差點把他們吹落！他們拚命抓緊羽毛，用盡全力才爬到吸吸鳥的脖子附近。

露露拿出金羽毛，正要輕拂牠的脖子時，突然一顆大頭出現在她的面前，高興的說：「你們回來啦！」

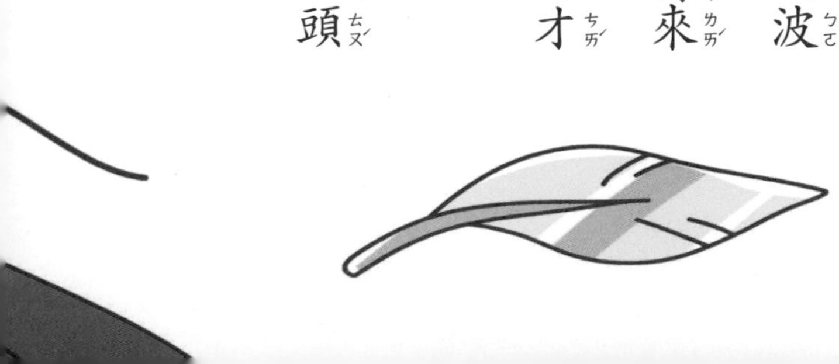

嚇一大跳的露露手一鬆，金羽毛瞬間飛走了！

雙腳勾住跑車，倒吊下來的呼魯魯笑咪咪的說：「我就知道波波能解讀我留在他手心的圖案，我很厲害吧？」

「你真的很厲害！這招太妙了。」波波比出讚的手勢。

露露小聲的對呼魯魯說：「謝謝你的幫忙。只是你剛剛突然冒出來，害我的金羽毛飛走了，怎麼辦？」

呼魯魯看著隨風飄走的羽毛，說：「喔，那我幫你拿回來啊！」

「我去拿！」波波快速往上爬。

露露和呼魯魯抬頭，看到波波迅速爬到靠近願望能量球頂端的地方。

那根金羽毛竟然飄到呼拉拉披風的下擺裡！

波波悄悄伸手要去拿，呼魯魯挺身往上，也想幫忙。卻不小心撞到呼拉拉，讓金羽毛又飄到呼拉拉的連身帽上。

呼拉拉氣呼呼的大叫：「快去解決討厭的噪音！」

「是的，主人！」呼魯魯馬上用兩隻大手，摀住呼拉拉的耳朵。

呼拉拉大喊：「你在做什麼？」

「摀住耳朵，你就聽不到噪音啦！」呼魯魯好得意。

「笨蛋！我是要你解決那些發出噪音的泡泡精靈！」呼拉拉氣得直跳腳，金羽毛被震得掉下來，波波馬上接住。他順手拿走小鳥籠，快速往下爬。

波波用金羽毛在吸吸鳥脖子上輕拂三下，吸吸鳥的心跳逐漸變慢並停止吸吮，願望能量快速回到能量球。波波和露露馬上跳到能量球上，開心的擊掌。

吸吸鳥慢慢變回可愛

可惡的露露和波波，竟敢破壞我的計畫，快把吸吸鳥還給我！

的小鳥，發出啾啾的叫聲，波波馬上把牠放進鳥籠裡。

這時，拉住呼魯魯的呼拉拉眼睜睜看著吸吸鳥變小，願望能量快速回歸能量球，他氣得在車頂上直跳腳。

「你來拿啊！」波波對呼拉拉扮鬼臉，快速往下爬。

呼拉拉正要發射泡泡彈攻擊時，已恢復功能的願望能量球發出警告聲：

「偵測到危險攻擊，啟動自動電擊！」

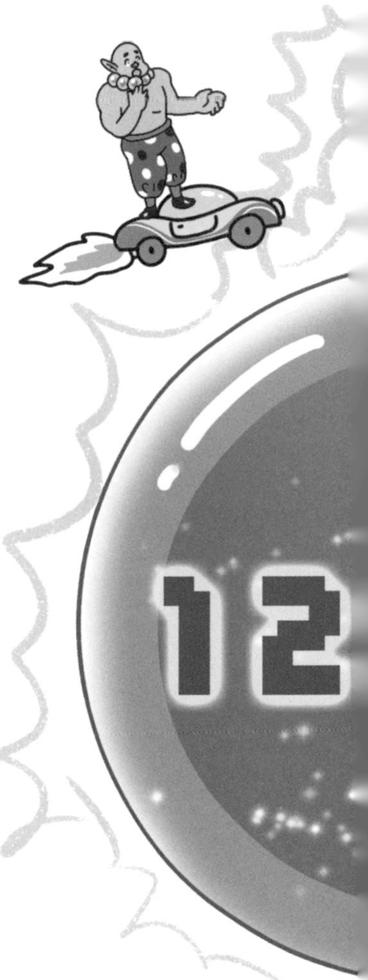

啪滋一聲，呼拉拉立刻被電得昏頭轉向，他嘴裡還喃喃的唸著：「我……我一定會再回來！」

呼魯魯開啟噴射跑車的車頂，把呼拉拉抬進車子裡。呼魯魯從呼拉拉的披風中拿出智慧錶，丟還給露露和波波。他開心的大喊：「下次見了！」說完就開著跑車，快速從破洞離開。

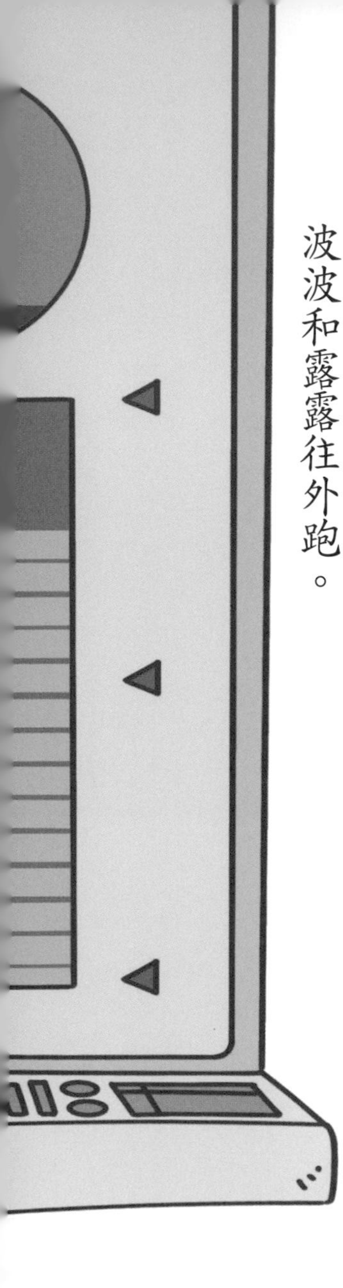

6. 解除最後的黑魔法

波波大喊：「我們打敗呼拉拉，成功拯救泡泡星了！」充滿願望能量的泡泡星快速自動修復家園，大家全部一起高聲歡呼。

「我們快帶吸吸鳥回去幫大家解除黑魔法！」皮皮拉著波波和露露往外跑。

他們搭上泡泡飛船，瞬間移動到偶多多帳篷劇場。

波波和露露按下變身按鈕，幫皮皮變回正常大小之後，他們躲在皮皮的帽子上。

皮皮衝進劇場，他把吸吸鳥放在一個小女孩木偶的手心上。吸吸鳥馬上吸呀吸，木偶臉色紅潤，變回真小孩了！

舞臺上的木偶們又驚又喜。

哇！太厲害了！
我也要！我也要！
快幫我變回真小孩！

等到吸吸鳥吸走每個木偶的黑魔法，變回真小孩的他們開心的在舞臺上歡呼大叫。露露在泡泡船後面加上一個能搭載所有小孩的大泡泡球，並把他們安全送回家。

最後，他們帶皮皮飛回家。遠遠的就看見寫著「皮皮木偶工坊」的房子門口掛著一盞燈。

房子裡有個老爺爺在燈光下雕刻小木偶。旁邊放著一疊有皮皮照片的尋人啟事。

原來皮皮失蹤後，傷心的爺爺一直到處張貼尋人啟事，希望可以找到他最愛的孫子。為了不要嚇到爺爺，縮小的波波和露露躲在皮皮的帽子上。

皮皮激動的推開木門，大喊：「爺爺，我回來了！」

老爺爺驚訝的張開雙手，把衝過來的皮皮抱得緊緊的，他一邊流淚一邊說：「皮皮，你終於回來了。我真的好想你啊！」

「爺爺，我也好想你啊！」皮皮抱緊爺爺，邊哭邊說：「我以後會控制自己，不要說謊，也會乖乖去上學！」

露露看看時間，跳到皮皮的耳朵旁小聲說：「任務完成，我們要趕快回泡泡星了！」

皮皮跟爺爺說室內太冷，趁著去外面幫忙拿柴火時，送露露和波波出去。

沒問題！
也謝謝你幫忙完成任務。
下次一定要請我吃煙囪捲喔！

7. 露露的特別願望

露露和波波搭著泡泡飛船回到泡泡星。他們走向百合花高塔內的願望能量球時，露露嘆了一口氣：「可惜我們的泡泡彩虹圈都用完了。波波，我們要更努力完成任務，蒐集更多泡泡彩虹圈，完成我的願望！」

「沒問題！」波波大聲回答。

14337

泡泡精靈國王飛過來說：「快掃描你們的智慧錶，看看最厲害的泡泡精靈這次能帶回多少願望能量？」

波波和露露靠近泡泡任務機感應，智慧錶一輸入，球中的能量指數馬上多了三千。任務機發出聲音說明。

任務完成度：100%

任務難度：10（非常高）

許願者滿意度：100%

獲得泡泡彩虹圈：

波波3000個、

露露3000個

泡泡彩虹圈累計：

波波3000個，

露露3000個

+3000
哇，三千！這可是難得一見的高願望能量啊！
哇！我們竟然得到三千個泡泡彩虹圈！

「為什麼得到這麼多泡泡彩虹圈呢？」波波很好奇。

國王笑著說：「因為你們不僅完成任務，還打敗呼拉拉，解除泡泡星的危機，當然能獲得這麼多獎勵。」

「太棒了！」波波開心的倒立。

「我可以完成願望了！」露露開心的轉圈圈。

「你的願望到底是什麼？」波波好奇的問。

「需要三千個泡泡彩虹圈的願望肯定不簡單。」泡泡精靈國王也很想知道。

露露從背包中拿出一個裝滿泡泡球的盒子說：

「自從上了『怪奇動物課』之後，我就好喜歡這些獨特的動物，也開始蒐集牠們的立體模型泡泡球。但是，我最大的願望是親眼見到這些動物。」

「這真的很難耶！」波波倒立想了一想。

「那可不一定。」泡泡精靈國王拿出《怪奇動物園》這本書說：「只要拿到書中的『怪奇動物園』門票，就能完成你的願望。」

露露拉著國王說：「快告訴我如何拿到門票！」

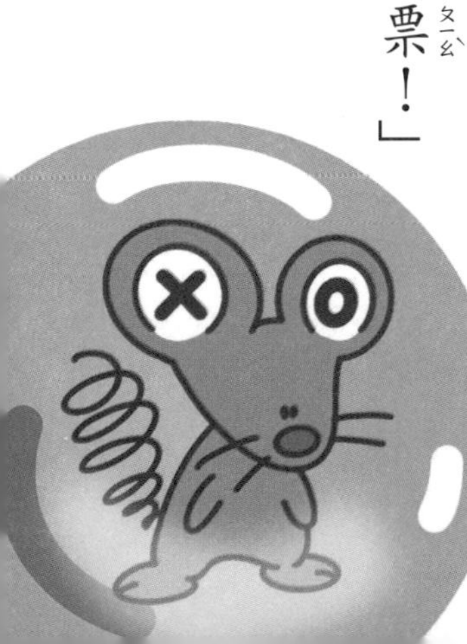

泡泡精靈國王翻到畫著「怪奇動物園」大門的那一頁。他教露露對著門口的售票亭說：「兒童票一張」，接著要掃描智慧錶支付泡泡彩虹圈。露露緊張的等待著。

沒多久，一顆閃著彩虹光芒，上面寫著「怪奇動物園一日悠遊球」的泡泡飛出來，啵一聲，就印在露露的手心上。動物園的門緩緩打開，還傳來輕快的歌聲。

「我的願望終於可以實現，
我先走了！」露露開心大喊之後，
就被吸進去。
「等等我，我也想進去玩啊！」
波波大喊。
怪奇動物園的大門關上，
《怪奇動物園》的書頁也自動闔上。
「只有許願者才能進去，

你下次也許個特別的願望吧！」泡泡精靈國王笑著說。

「好啊！我一定要想一個超級特別的願望。」波波開心的倒立。

怪奇動物園
露露從怪奇動物園一日遊回來了。
波波，怪奇動物園太好玩了。我還見到有怪怪能力的尋夢獸和迷路怪喔！
好羨慕！啊，我想到特別的願望了！
什麼願望？
帶怪奇動物去執行任務！

尋夢獸

身體圓胖，身體會隨著捕捉到美夢、惡夢而變色，有三條靈敏的探測器長鼻子，頭頂上還有捕夢泡泡網。

專長

尋找各式各樣的夢，用捕夢泡泡網捕捉後裝在泡泡瓶中，提供夢境泡泡師製作不同的夢境。

第66頁

迷路怪

毛絨絨的圓形迷你生物，有雙大眼睛，兩隻小腳，可以縮起來滾滾滾，還會隨著環境變色和偽裝，最愛唱迷路歌。

專長

迷路。專門製作迷路地圖，提供上山下海、過去未來、不同時空、不同情境的迷路旅行。

第188頁

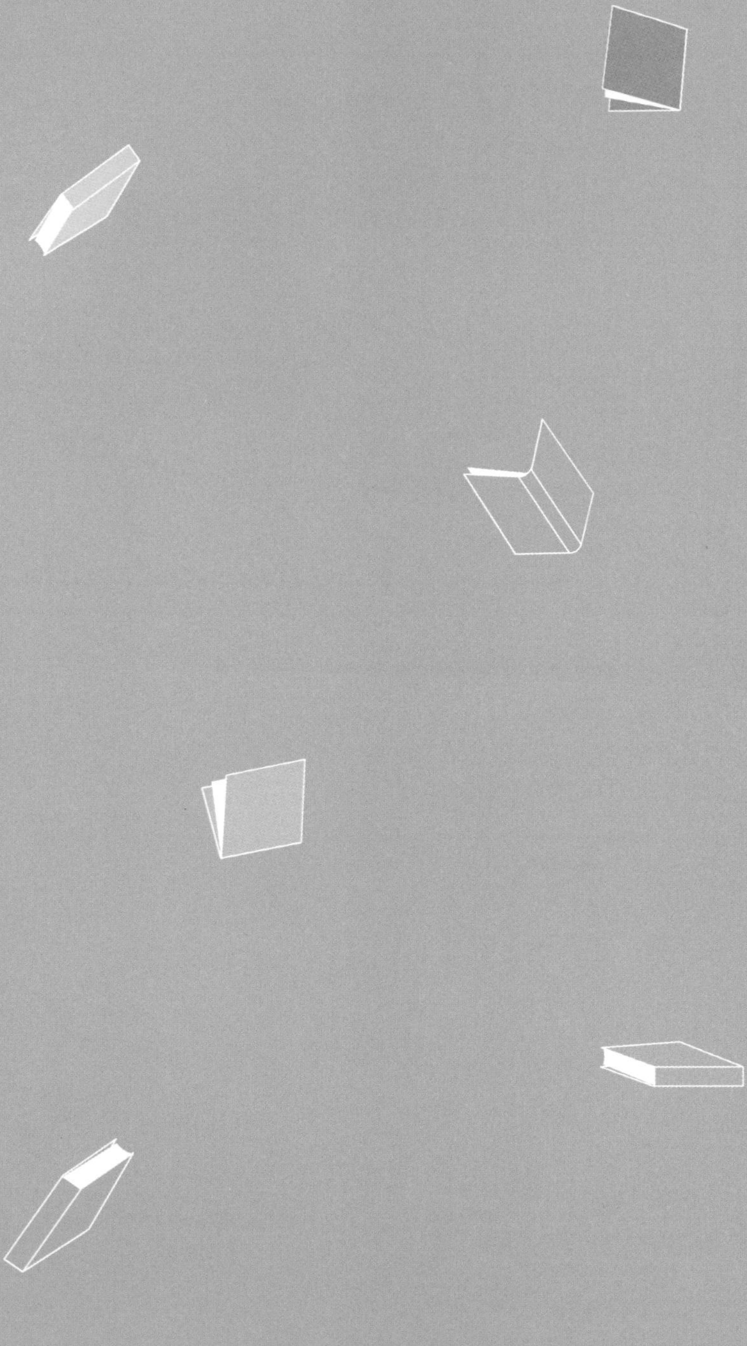

閱讀123